NIVEL
3
Lector seguro

Planeta Dinosaurio

Derecho de propiedad literaria © Evans Brothers Ltda. 2004. Derecho de
ilustración © Fabiano Fiorin 2004. Primera publicación de Evans Brothers
Limited, 2ª Portman Mansions, Chiltern Street. London W1U 6NR, Reino Unido.
Se publica esta edición bajo licencia de Zero to Ten Limited. Reservados todos
los derechos. Impreso en Hong Kong. Gingham Dog Press publica esta edición
en 2005 bajo el sello editorial de School Specialty Publishing, miembro de la School
Specialty Family.

Biblioteca del Congreso. Catalogación de la información sobre la publicación en
poder del editor.

Para cualquier información dirigirse a:
8720 Orion Place
Columbus, OH 43240-2111

ISBN 0-7696-4071-0

3 4 5 6 7 8 9 10 EVN 10 09 08 07

Planeta Dinosaurio

de David Orme

ilustraciones de Fabiano Fiorin

GINGHAM DOG
PRESS

Columbus, Ohio

A Tomás y a Cata les gustaba simular.

Un día, fueron exploradores del espacio.

Decidieron explorar un planeta nuevo.

—¡Mira! —gritó Tomás.

Había dinosaurios por todas partes.
A Tomás y a Cata les encantaban los
dinosaurios.

Vieron dinosaurios grandes y lentos. Estos dinosaurios comían vegetales.

Vieron dinosaurios pequeños y veloces.
Estos dinosaurios comían carne.

Algunos de los dinosaurios tenían cuernos.

Algunos de los dinosaurios tenían placas en el lomo.

En el cielo, Tomás y Cata
vieron dinosaurios voladores.

17

En el lago, vieron dinosaurios que nadaban.

En el bosque, Tomás y Cata
encontraron un nido.
Estaba lleno de huevos
de dinosaurios.

Los dinosaurios bebé eran muy amigables.

Luego, llegó la madre de los bebés.

—Ella no parece amigable —dijo Tomás—.
¡Salgamos de aquí!

—¡Rápido, corre! —dijo Cata.

—¡Qué planeta tan peligroso! —dijo Tomás.

Tomás y Cata encontraron su
nave espacial.
Despegaron enseguida.

Y aterrizaron a salvo en casa.

¡Pero también algo del Planeta
Dinosaurio volvió a casa con ellos!

Palabras por conquistar

peligroso	cuernos
explorar	planeta
exploradores	nave espacial

¡Piénsalo!

1. Describe el mundo nuevo que descubrieron Tomás y Cata.
2. Tomás y Cata vieron muchos dinosaurios. Idea una lista de los distintos tipos de dinosaurios que vieron. ¿Qué dinosaurios nadaban en el agua? ¿Qué dinosaurios volaban en el cielo?
3. ¿Qué encontraron Tomás y Cata en el bosque?
4. ¿Por qué Tomás y Cata volvieron corriendo a su nave espacial?

El cuento y tú

1. ¿Qué trajeron consigo Tomás y Cata al final del cuento? ¿Te parece que esto podría pasar de verdad?
2. Si fueras Tomás o Cata, ¿qué habrías hecho al ver al dinosaurio madre?
3. ¿Cómo te parece que sería la vida si los dinosaurios todavía anduvieran por la Tierra?